W9-DEI-590

What It's Like to Be...
Qué se siente al ser...

BY/POR
REBECCA THATCHER MURCIA

TRANSLATED BY/
TRADUCIDO POR
EIDA DE LA VEGA

Mitchell Lane
PUBLISHERS

P.O. Box 196
Hockessin, Delaware 19707
Visit us on the web: www.mitchelllane.com
Comments? email us:
mitchelllane@mitchelllane.com

Mitchell Lane
PUBLISHERS

Printing   1   2   3   4   5   6   7   8   9

A LITTLE JAMIE BOOK

What It's Like to Be . . .	Qué se siente al ser . . .
América Ferrera	América Ferrera
George López	George López
Jennifer López	Jennifer López
The Jonas Brothers	Los Hermanos Jonas
Kaká	Kaká
Mark Sánchez	Mark Sánchez
Marta Vieira	Marta Vieira
Miley Cyrus	Miley Cyrus
Pelé	Pelé
President Barack Obama	El presidente Barack Obama
Ryan Howard	Ryan Howard
Shakira	Shakira
Sonia Sotomayor	Sonia Sotomayor
Vladimir Guerrero	Vladimir Guerrero

Library of Congress Cataloging-in-Publication Data has been applied for.

Murcia, Rebecca Thatcher, 1962–
 What it's like to be Kaká? / by Rebecca Thatcher Murcia ; translated by Eida de la Vega = ¿Qué se siente al ser siente al ser Kaká / por Rebecca Thatcher Murcia ; traducido por Eida de la Vega.
     p. cm. — (A little Jamie book = Un libro little Jaime)
 Includes bibliographical references and index.
 ISBN 978-1-58415-989-6 (library bound)
 1. Kaká, 1982– —Juvenile literature. 2. Soccer players—Brazil—Biography—Juvenile literature. I. Title. II. Title: ¿Qué se siente al ser Kaká?
 GV942.7.K35M87 2011
 796.334092—dc22
 [B]
                                                                        2011012539

eBook ISBN: 9781612281360

PLB

12 11

Kaká is an amazing soccer player who plays for Real Madrid in Spain. He has won many awards for his skill and speed with a soccer ball. Playing against Egypt in 2009, he twice kicked the ball in the air to get it by defenders, then shot the ball into the net in one of the best goals of the year. When Kaká's contract was sold to Real Madrid in 2009, the price of $92 million set a world record.

Kaká es un fantástico jugador de fútbol que juega con el Real Madrid en España. Ha ganado muchos premios por su destreza y velocidad con el balón de fútbol. Cuando jugó contra Egipto en el 2009, pateó el balón dos veces en el aire para hacerlo pasar entre los defensas, y luego, tiró a portería logrando uno de los mejores goles del año. Cuando el contrato de Kaká se vendió al Real Madrid en el 2009, el precio de $92 millones fijó un récord mundial.

Kaká was born in Brasilia on April 22, 1982. His real name is Ricardo Izecson dos Santos Leite. When he was a child, his younger brother Digão could not say "Ricardo." He said "Kaká" instead. The name stuck.

Kaká nació en Brasilia el 22 de abril de 1982. Su nombre verdadero es Ricardo Izecson dos Santos Leite. Cuando era niño, su hermanito Digão no podía decir "Ricardo". Le decía Kaká y el nombre se le quedó.

Digão also plays professional soccer.

Digão también juega fútbol profesional.

When he was young, Kaká could not see without glasses. He later had eye surgery to improve his vision.

Cuando era pequeño, Kaká no podía ver sin gafas. Más adelante, se hizo una cirugía para mejorar su visión.

7

Kaká almost missed his chance to become a superstar soccer player. When he was 18 years old, he fractured a bone in his neck in a swimming pool accident. He could have been paralyzed for life, but the bones healed.

Kaká por poco pierde la oportunidad de ser jugador de fútbol profesional. Cuando tenía 18 años, se fracturó un hueso del cuello en un accidente en una piscina. Pudo haber quedado paralizado de por vida, pero el hueso sanó.

Europe
Europa

Spain
España

Madrid

Portugal

Milan
Milán

Italy
Italia

USA
EE.UU.

Brasilia

Brazil
Brasil

South Africa
Sudáfrica

9

Kaká has lived in Europe since he was 21 years old. That's when he began to play for AC Milan. He still loves Brazil, though. He often plays for the Brazilian national team. They have won the World Cup five times.

Kaká ha vivido en Europa desde los 21 años, cuando empezó a jugar para el AC Milán. Pero todavía quiere mucho a Brasil. Con frecuencia juega en el equipo nacional brasileño, que ya ha ganado la Copa Mundial cinco veces.

The Golden Ball

Balón de Oro

11

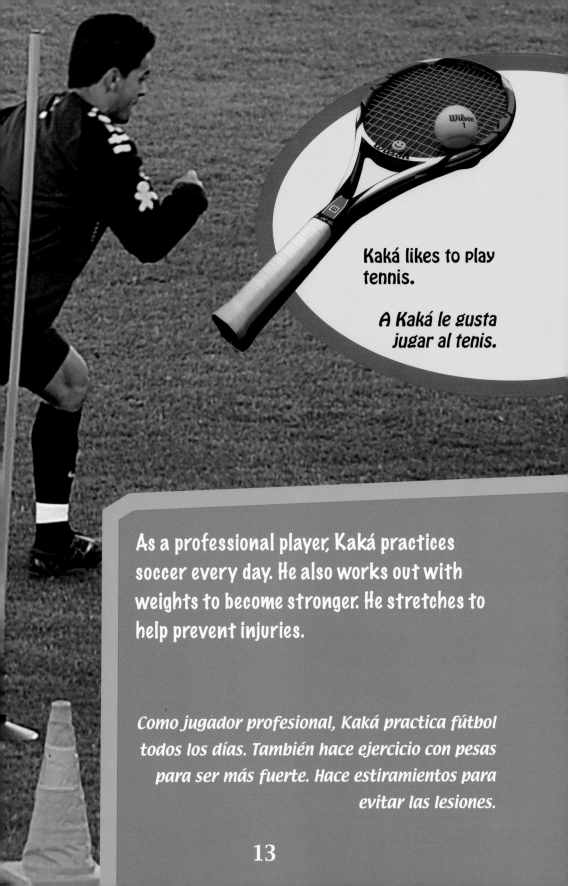

Kaká likes to play tennis.

A Kaká le gusta jugar al tenis.

As a professional player, Kaká practices soccer every day. He also works out with weights to become stronger. He stretches to help prevent injuries.

Como jugador profesional, Kaká practica fútbol todos los días. También hace ejercicio con pesas para ser más fuerte. Hace estiramientos para evitar las lesiones.

13

Kaká's friend Cristiano Ronaldo

Cristiano Ronaldo, el amigo de Kaká

Before each game, Kaká and his Real Madrid teammates warm up. The coach, José Mourinho, sometimes tells his players to start by playing a fun game, like keep away, to make sure they are relaxed.

Antes de cada partido, Kaká y sus compañeros del Real Madrid hacen calentamiento. El entrenador, José Mourinho, a veces les dice a sus jugadores que empiecen jugando algo divertido, como evitar que el otro agarre el balón, para asegurarse de que se relajen.

15

Kaká's favorite position is center midfielder, right
behind the forwards. Sometimes Kaká gives
a teammate a pass that will lead to a goal.
Sometimes his teammates help him score.

*La posición preferida de Kaká es
mediocampista, justo detrás de los
delanteros. A veces, Kaká le hace un pase
a un compañero y éste anota un gol.
Otras veces, son sus compañeros
quienes lo ayudan a anotar.*

Goalkeeper

Defender

Defender

Defender

Defender

Midfielder

Midfielder

Midfielder

Forward

Forward

Forward

delantero

delantero

delantero

mediocampista

mediocampista

mediocampista

defensa

defensa

defensa

defensa

guardameta

18

After games, Kaká sometimes signs autographs for fans. He is grateful for their affection and devotion.

Después de los partidos, Kaká a veces les firma autógrafos a sus admiradores. Él agradece su afecto y devoción.

Kaká is married
to Caroline Celico. Their
son, Luca, was born on
June 10, 2008. Their second
child was expected to arrive
in April 2011.

LUCA

Kaká está casado con Caroline Celico. Su hijo, Luca, nació el 10 de junio de 2008. Su segundo hijo nacerá en abril del 2011.

Faith has always been very important to this world-class athlete. Kaká and Caroline read the Bible and often share their beliefs on their Twitter accounts. Kaká says that he would like to be a church pastor when he finishes his career as a soccer player.

La fe siempre ha sido muy importante para este atleta de orden mundial. Kaká y Carolina leen la Biblia y a menudo comparten sus creencias en sus cuentas de Twitter. Kaká dice que le gustaría ser pastor de la iglesia cuando su carrera de jugador de fútbol termine.

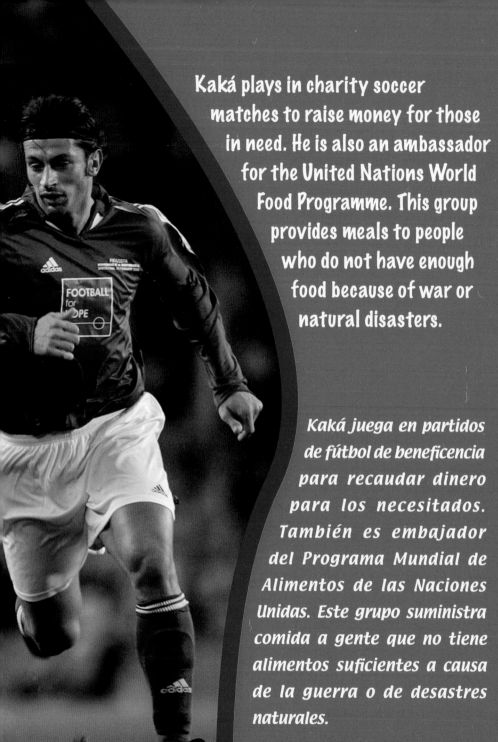

Kaká plays in charity soccer matches to raise money for those in need. He is also an ambassador for the United Nations World Food Programme. This group provides meals to people who do not have enough food because of war or natural disasters.

Kaká juega en partidos de fútbol de beneficencia para recaudar dinero para los necesitados. También es embajador del Programa Mundial de Alimentos de las Naciones Unidas. Este grupo suministra comida a gente que no tiene alimentos suficientes a causa de la guerra o de desastres naturales.

Companies often hire Kaká to make commercials for them. Two of his most important sponsors are Adidas, which makes sportswear and cleats, and Gillette, the shaving equipment company.

Adidas cleat

Zapato de fútbol Adidas

Hay empresas que contratan a Kaká para hacer comerciales. Dos de sus patrocinadores más importantes son Adidas, que hace equipo y calzado deportivo, y Gillete, la empresa de equipos de afeitarse.

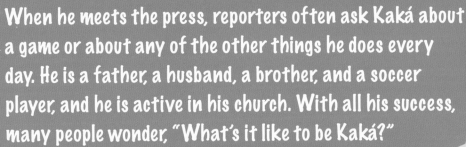

When he meets the press, reporters often ask Kaká about a game or about any of the other things he does every day. He is a father, a husband, a brother, and a soccer player, and he is active in his church. With all his success, many people wonder, "What's it like to be Kaká?"

Cuando Kaká se reúne con la prensa, los reporteros a menudo le preguntan sobre un partido o sobre cualquiera de las otras cosas que él hace cada día. Es padre, esposo, hermano, jugador de fútbol y participa activamente en su iglesia. Con todo el éxito que tiene, mucha gente se pregunta: "¿Qué se siente al ser Kaká?".

GLOSSARY

achievement (uh-CHEEV-munt) — A result gained by hard work.

ambassador (am-BAS-uh-dur) — A high-level person who represents a country or an organization.

autograph (AW-toh-graf) — A signature; to sign one's name on something.

charity (CHAYR-ih-tee) — A group that raises money to help people in need.

commercial (kuh-MER-shul) — An advertisement for radio, television, or the Internet.

fracture (FRAK-shur) — To crack or break.

Golden Ball (GOLD-en BALL) — An award given to the high scorer in a soccer tournament.

paralyze (PAYR-ul-lyz) — To make unable to move.

pastor (PAS-tur) — The leader of a church.

professional (proh-FEH-shuh-nul) — A person who gets paid for his or her work.

sponsor (SPON-sur) — A company or person that pays an athlete or team to use or promote its products.

surgery — An operation that is done to treat an illness or injury.

World Cup (WORLD KUP) — The soccer world championship held every four years.

GLOSARIO

autógrafo — una firma, firmar tu nombre sobre algo.

Balón de Oro — premio que se le da al jugador que más anota en un torneo de fútbol.

beneficencia — un grupo que recoge dinero para ayudar a personas necesitadas.

cirugía — una operación que se realiza para tratar una enfermedad o lesión.

comercial — un anuncio para la radio, televisión o Internet.

Copa Mundial — el campeonato mundial de fútbol que se celebra cada cuatro años.

embajador — persona de alto nivel que representa un país o una organización.

fracturar(se) — quebrar(se) o romper(se).

paralizar — hacer que algo sea incapaz de moverse

pastor — el que dirige una iglesia.

patrocinador — una empresa o persona que paga a un atleta o equipo para que use o promocione sus productos.

profesional — una persona a la que le pagan por su trabajo.

Books/Libros

Jones, Jeremy V. *Toward the Goal: The Kaká Story*. Michigan: Zonderkids, 2010.

Obregon, Jose Maria; Megan Benson (translator). *Kaká* (World Soccer Stars / Estrellas Del Futbol Mundial). New York: Rosen/Editorial Buenas Letras, 2009.

Works Consulted/Obras consultadas

Beyond the Ultimate: Kaká http://www.beyondtheultimate.com/athletes/Kaka.aspx

Bilbao, Borja. "A Man of Faith and Devotion." *The Sunday Independent*, February 24, 2008.

Edwards, Daniel. "Real Madrid Coach Jose Mourinho Determined Not to Rush Kaka's Return." *Goal.com*, March 5, 2011. http://www.goal.com/en-gb/news/3277/la-liga/2011/03/05/2380610/real-madrid-coach-jose-mourinho-determined-not-to-rush-kakas

Football Teams: "Unknown Facts about Kaká." January 20, 2009. http://living.oneindia.in/celebrity/sports/2009/kaka-football-soccer-200109.html

"Kaká's First Goal Was to Be a Tennis Player." *The Telegraph*, June 8, 2009. http://www.telegraph.co.uk/sport/football/european/5480768/Kakas-first-goal-was-to-be-a-tennis-player.html

Real Madrid http://www.realmadrid.com

Renee, Diana. "Mr. Nice Guy to Start New Life." *Deutsche Presse-Agentur*, June 29, 2009.

On the Internet/En Internet

Kaká Fans.net http://www.kakafans.net/

Kaká: Wikipedia en Español http://es.wikipedia.org/wiki/Kak%C3%A1

The Unofficial Ricardo Kaká Fan Site http://www.ricardo-kaka.com/home.php

INDEX/ÍNDICE

ABOUT THE AUTHOR: Rebecca Thatcher Murcia graduated from the University of Massachusetts at Amherst in 1986 and worked as a newspaper journalist in Massachusetts and Texas for 14 years. Thatcher Murcia, her two sons, and their dog live in Akron, Pennsylvania. They spent the 2007–2008 school year in La Mesa, a small town in the Colombian department of Cundinamarca. She is the author of many books for Mitchell Lane Publishers, including *Meet Our New Student from Colombia*, *Ronaldinho*, *What It's Like to Be Marta Vieira*, and *Dolores Huerta*.

ACERCA DE LA AUTORA: Rebecca Thatcher Murcia se graduó de la Universidad de Massachusetts en Amherst en 1986. Ha trabajado como periodista en Massachusetts y Texas durante 14 años. Thatcher Murcia vive con sus dos hijos y su perro en Akron, Pensilvania. Ellos pasaron el año escolar 2007-2008 en La Mesa, un pueblo de Colombia que está localizado en el departamento de Cundinamarca. Muchos de sus libros han sido publicados por Mitchell Lane Publishers, como *Meet Our New Student from Colombia*, *Ronaldinho*, *Qué se siente al ser Marta Vieira* y *Dolores Huerta*.

ABOUT THE TRANSLATOR: Eida de la Vega was born in Havana, Cuba, and now lives in New Jersey with her mother, her husband, and her two children. Eida has worked at Lectorum/ Scholastic, and as editor of the magazine *Selecciones del Reader's Digest*.

ACERCA DE LA TRADUCTORA: Eida de la Vega nació en La Habana, Cuba, y ahora vive en Nueva Jersey con su madre, su esposo y sus dos hijos. Ha trabajado en Lectorum/Scholastic y, como editora, en la revista *Selecciones del Reader's Digest*.